SIC. EST. HERCVLI. MAIOR

# PEINTVRE
## DE
# TRIOMPHE
## A. S. A. ROYALLE.
## LE
## PRINCE DOM
# FERDINAND
## D'AVSTRICHE,
## CARDINAL
## D'ESPAGNE.
## FRERE VNICQVE
## DV ROY.

Pour son Arriuée aux
Pays-bas.

---

A Bruxelle, chez François Viuien.

*Auec Permißion.*

# A. S. A. R.

## LE PRINCE DOM FERDINAND D'AVSTRICHE

### CARDINAL D'ESPAGNE FRERE VNICQVE DV ROY.

## EPISTRE.

On Seigneur

Si la loüange des Achilles
n'estoit permise qu'a la bouche



d'hod'Homere, & qu'Appelles sans plus eust le credit de peindre les Aléxandres, la vertu courtoit risqué de s'enseuelir auec celuy qui la possedde. Et par vn supplice de l'esprit que Phalaris n'eust pas imaginé nous ferions contraincts d'oublier ce que des Lyons mesmes ont reconnu, Permettéz moy donc que ie viole des loix qui sont ingrattes. Et que M'authorisant par mon debuoir. Ie fasse voir à V. A. R. vne peinture qui parfé de la valeur, le present est si petit qu'il tient de la qualité

des

des athomes qui ne sont proprement visibles qu'au Soleil,
Toutesfois vn dés plus grandz
Roys dé la Perse en recçut vn
d'ont la naifueté ne seroit que
l'ombre de mon affection. Et
j'estime que comme ce bel
Astre prend quelquefois plaisir
a se mirer dans la glace d'vn
Ruisseau. Que V. A. R. ne ref-
fusera pas vne œillade a ce
petit ruisseau des Muses, qui ne
luy fera pas le simple rapport
d'vne glace. Mais encores par
vne magie de l'art luy rendra
palpables, les plus belles parties

de son Esprit. Quelque senti-
ment qu'en ayt la seuerité l'of-
fre n'est pas tant hors , de la
proportion qu'il semble . Si
lon considere que ie ne donne
à V. A. R. que des fleurs qui
viennent de son parterre. Ce
sont ses exploictz & ses perfe-
ctions qui seruent de matiere,
& d'ornement â mon ouurâge,
& ie puis dire sans la flatter
qu'elle en est l'Apollon, & que
sa venüe seule en a réueillé
l'enthousiasme & sans doubte
les qualitéz de V. A. R. Que
l'enuie mesme juge. Adorables,
luy

luy donneroient vn pareil rang
dans le Ciel, si nous estions au
regne de l'Idolatrie, Puis qu'elles luy en ont acquise la Lieu-
tenance sur la terre, à cette
heure que la verité ne luy est
pas moins descouuerte que son
horison, certes Licurgue fut ju-
dicieux quand il ordonna les
Sacrifices de Sparte. De la
moindre despence qui fut pos-
sible Mais. V. A. R. a bien eu
meilleure grace dans la deffen-
ce qu'elle a faitte de l'excès &
de la Pompe pour sa reception,
D'autant qu'elle ne soulage pas
seule-

seulement la reconnoissance
interieure de son Peuple. Mais
ce qui est admirable elle tes-
moigne d'en agréer les marques auant qu'il en ayt projet-
té les appareils aussi que pourroit on presenter à V. A. R. de
precieux où de rare qui ne soit
vulgaire à la Majesté de sa tres-
Auguste Maison, le Ciel luy
descouure tous les iours de
nouueaux mondes, la terre luy
donne ses meilleurs Peuples, la
Mer ses plus riches, Ports, le
Soleil des visites continuelles
l'Empire sa conduitte, & Dieu
mesme le soing de son culte &

la vengeance de son mespris.
Que peut on adjouster A. V. A.
R. Puis qu'elle tient la grandeur en heritage, & le bonheur
en possession, si ce n'est la priere
d'vne longue vie encore seroit
elle superflue. Car la vie de V.
A. R. n'estant pas moins neces-
saire au monde que l'ame est au
corps, il est croyable que son
Genie vous partagea ses veil-
les auec égalité. Et que nous
aurons plusieurs Siecles le plaisir de la voir autant dessus les
autres Princes que nostre Mo-
narque incomparable son Frere est aujourdhuy, sur tous les

Roys de l'vniuers . Ce n'eſt
pas ſans augure que ie faiz le
Prophete , car cette diuine In-
fante qui foulle maintenant
aux piedz les eſtoilles en diſ-
poſera ſi bien les influences à
la faueur de V.A.R. qu'elle ne
marchera que ſus des Sceptres
briſéz ſelon quelle a cõmencé
ſur des Couronnes abbattues,
ce ſont les vœux & les eſperãces
de celuy qui a l'hõneur d'eſtre.

*Monſeigneur*

DE V. A. R.

*Treſhumble & Treſobeiſſant*
*Seruiteur & ſubiet.*

HVGVES, AYMONNET.

# A MONSIEVR AYMONNET SVR SA PEINTVRE.

## EPIGRAME.

Soyéz confuz foibles Espritz,
Qui ne dittes que des mensonges
Et ne nous monstréz plus descritz
Pleins d'impostures & de songes.
Mais prenéz d'Aymonnet leçon
Il vous apprendra la façon
D'escrire sans affetterie
Puis que dans cè Royal traitté
Il fait voir que la flatterie
Doibt ceder à la verité.

P. D. S. Laurens.

## AL SIG.

# AY MONNET

## MADRIGAL.

O Spirto gentil' Ch'in Carta d'òro
Pingi l'honore con i perigli
A gli Heroi dando l'alloro
A gli Poeti per te lo togli
Ed Immortal' te monstri
N'ella morte d'infernali monstri.

P. I. DE MATHEIS

# IN TABELLAM

# D. AT MONNET

## EPIGRAMMA.

Ignavum, Princeps Æneam reddit
    armis
    Ignavum reddis Carmine Vir-
    gilium
Quæ Canit Ænea fileat certamina
    Maro
    Martis opus dignis cantat Apollo
    modis.

C. MARTIN.

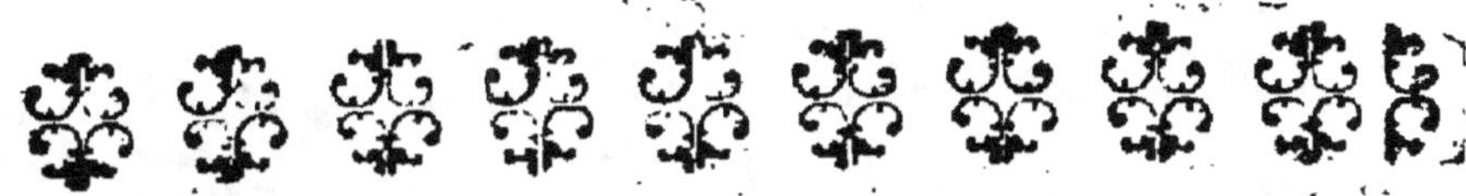

# PEINTVRE

## DE

# TRIVMPHE

## A. S. A. ROYALLE.

### STANCES.

Prince , inuincible à ta presence,
L'air , se musque le jour nous rit
Les Flotz vnis par complaisance
Baisent la terre qui fleurit
Les Montz te dressent des Theatres,
Les Bois ombragent ton sejour
Le Ciel te presente ses Astres.
Et la Nature son Amour.

A                         Comme

Comme on voit quand Phœbus arriue
La campagne s'espanouyr
La nuict paslir toute craintiue
Et les brouillars s'esuanouyr
Ainsy tu dissippes les craintes
De nostre juste affection
Et fais pallir les Ames teintes
Au sang de la sedition.

Quand tu n'acquis le Dieu de Thrace
Te fit present de sa valeur
Et pour orner ta bonne grace
l'Aurore y mesla sa couleur
Aussy dans la derniere guerre
Vn Sainct Hermite dict vn iour
Que tu vaincrois toute la terre
Ou par la force où par l'amour.

Qui

Qui ne confeſſe dans l'Empire
Que ton bras ſeul a maintenu
Qu'vne grande Nimphe ſouſpire
De ne t'auoir pas retenu
Et ce lieu que cent funerailles
N'auoient peû remettre au deuoir
N'a il pas ouuert ſes murailles
Pour auoir l'honneur de te voir.

Quoy que vomiſſe l'impudence
De ceux qui tont voulû brauer
Ta jeuneſſe a plus de prudence
Qu'ils n'en ont meſme en leur hyuer
Et quand vne ardeur d'entreprendre
Oblige tes mains à s'armer
Peuuent ils dire qu'Alexandre
Fit plus que toy ſans blaſphemer.

 Tant

# Peinture de Triomphe

Tant de Barbares d'ont la rage.
N'eut point de fleau que ta valeur.
En rendent vn bon tesmoignage
Dans la desfaitte de la leur
Et certes si cette adeunture.
Estoit mise en comparaison
Où que Cezar en fit lecture.
Il pleureroit auec raison.

Vn vieux Cerbere à Tripple Creste.
Abboyoit encore, le Ciel
Empoisonnoit lair de sa Peste.
Et noyoit la Terre de fiel
Ton seul Acier le fit de glace
Et tu fis voir à son orgueil
Qu'il n'occupoit beaucoup de place
Que pour auoir vn grand Cercœuil.

A 3

Ce

Ce Thraistre foudre de la terre
Qui Parfuma tes vestemens.
Bien qu'il briza comme du verre,
Les Murs armez de Regimens.
S'arresta quand il vit ta face
Et de vray pour luy resister,
Il falloit estre de ta Race
Où de celle de Iupiter.

Tu portois plus droitte la Teste
Parmy la gresle des mousquetz
Qu'vn Bourgeois ne faict à ta feste,
Entre les jeux & les Bancquetz,
Et ce fut ta seule asseurance
Qui força le Demon du Nort
De n'esperer sa deliurance
Que de la grace où de sa mort.

A 3　　Mou-

    *Mouches de Court d'ont la nature.*
*S'entretient de corruption*
*Espluchéz bien cette Peinture*
*Ses traits n'ont point de fiction*
*Les ombres mesme y sont palpables,*
*Et ce jeune Achille irrité.*
*Change en histoires tant de fables*
*Que vendoit vostre vanité.*


    *Ces Heros de Baume & de Rye*
*Qui l'ont suiuy dans le danger*
*Dispensent vostre flatterie*
*Du soucy de les loüanger*
*Eux mesmes ont peint leur courage*
*Auec le sang qu'ils ont perdu.*
*Et leurs haineux creuent de rage*
*De l'honneur qu'il leur a rendu.*

*Grand*

Grand Prince ton apprentißage
S'eſt faict ſur vn Monſtre d'enfer
Et tu t'es ouuert le paſſage
Auec la pointe de ton fer
Tu n'as point paſſé de Riuieres
Que du ſang de tes Ennemis
Ny de Champs que les Cimetieres
Où ta Iuſtice les a mis.

Bien qu'vne ſageſſe profonde
Te faſſe eſclairer cette Cour
Au meſme point que dans le monde
Tu receuz la clarté du iour
Le peuple aiſement peut connoiſtre
Au jour d'huy qu'il ſort du chäos
Que tu debuois par deux fois naiſtre
Pour ta gloire & pour ſon repos.

Ce jour où sans idolatrie.
Noz vœux meslez aux Iencens.
Comblent les Autelz, de Marie
De sacrifices innocens
Tu metz le pied dans ce Royaume
Soubz vn aspect si souuerain
Que si son Sceptre estoit de Chaume
Tu le ferois bientost D'airain.

Les Mutins que Neptune enserre
Si cachent au bruict de ton nom.
Beau nom qui metz les Murs a ta terre
Mieux que ne feroit vn Canon.
Leur Corps sans Teste est si malade
Malgré le jus de l'oranger
Qu'vn simple esclat de ta Grenade
Est Cappable de ten Venger.

Per

Perfides Serpens dont l'escume
A arrouzé les Fleurs de Lys
Ie voy le feu du Ciel qui fume,
Dans vos Repaires desmolis
Et cet hydre qui dans la haye
S'engraißé de Rebellion
Creuer d'vne mortelle playe
Que luy faict ce jeune Lyon.

Ie voy courir la Populace
Comme aux Triomphes des Romains
Faire des vœux & sur la place
Semer des Fleurs à pleines mains
On seſtouffe dedans la preße
Et le cry dans l'Air emporté
Faict icy ce qu'il fit en Grece
Quand on la mit en liberté.

Les

Les Princes ont dans le visage
Ie ne sçay quoy de pretieux
Qui nous enseigne par vsage
Les qualitéz qu'ilz ont des Cieux
Sacré Surjon de noz Monarques
Miroir de force & de bonté
Si l'on te connoist par des marques
C'est par ta propre Majesté.

Ton Cheual qui sent ce qu'il porte
Bondit contre l'air comme vn Dain
Et dans l'aize qui le transporte
Frappe la terre auec desdain
Tes beaux Cheueux où l'or esclatte
Arrestent les Cœurs & les yeux
Et ta bouche a ja l'escarlatte
Que la terre donne à ses Dieux.

Les

Les biens d'vne saison dorée
Suiuent la pompe de ta Cour
Desia la venerable Astrée
Rameine la Muse & l'amour
Le Destin mesme te prepare
Vn Throsne de felicitéz
Et le Brabant aussy te pare
D'vn Chappeau de mille citéz.

Ce beau päys qui fait hommage.
A ta diuine extraction
Ne peut sans crime & sans dommage
Faire d'vn autre eslection
Et ta chere Bourgongne estime
Que la conqueste du Toison
Ne pourroit estre legitime
Si tu n'en estois le Iason.

Nostre

Noſtre grand Roy qui dans ſes terres
Voit naiſtre & mourir le Soleil
Dõt la main ſert de foudre aux guerres
Et la voix d'oracle au Conſeil
Dans cette grandeur Adorable
Ne juge pas de poſſeder
Aucune gloire comparable
A celle de te commander.

Luy qui ſur la terre & ſur l'onde
Faiĉt luire le fer & le feu
Dans la charge qu'il à du Monde
Pour ſe ſoulager quelque peu.
Tel que pollux fut à ſon frere.
Par vn Miracle D'amitié
Te faiĉt preſent d'vne hemiſphere
Et l'immortalize à moitié.

Auſſi

Aussi croit-on que sa puissance
Conduitte de ton bras fatal
Mettra Rome dedans Bizance,
Et dans Paris L'escurial
Et que l'Egipte ensanglantée
Du sang des Turcz & des Sophys
Verra la Croix rouge plantée
Sur les Aiguilles de Memphys.

Cette Princesse que les Anges
Ont creu gouuerner les Destins
Lazile des Princes estranges
Et la terreur de noz mutins
Triomphe de la Sepulture
Et gouste auecque verité
Les biens dont elle eut la peinture
Des mains de la prosperité.

Soit

Les Astres Couronnent sa teste
Et selon que Dieu l'a permis
Elle a soubs ses pieds la Tempeste
Pour en punir tes ennemis
Mais quoy qu'elle ayt à pleine bouche
Ce que le Ciel a de douceur
Le plus grand plaisir qui la touche
Cest de t'auoir pour successeur.


Prince vràyment le Roy des Princes
Apres deux monstres abbattus
Et lë Repos de nos Prouinces
Par vn excés de tes vertus
Ne pouuons nous pas sans scrupule
Dresser à ton nom des Autelz
Et te marquer plus hault qu'Hercule
vn rang parmy les immortelz.

Nous

Nous voila sauuéz du naufrage
Tes dons surpassent nos desirs.
Mais de crainte que quelque orage
Ne vienne troubler ses plaisirs.
Serre des chaisnes d'hymenée
l'Ambition & le malheur,
Et donne au peuple auant l'année
Vn rejetton de ta valeur.


Le Rhin t'esleue sur ses Riues
Cette Nimphe d'ont les beaux yeux
Ont des flames qui sont si viues
Qu'elles bruslent mesme ses Dieux
La vertu sert d'Ame à sa vie
Et ie puis sans estre suspect
Dire que les yeux de l'ênuie
La regardent auec respect.

Soit

16 Peinture de Triumphe A. S. A. R.

Soit qu'vn chaste desir t'enflame
Soit que Mars forme ton dessein
Tous les projectz de ta belle Ame.
Se doiuent esclorre en son sein
C'est la qu'il fault que tu moissonne
Force Mirthe, & force Laurier
Affin que l'Amour t'en façonne
Vne Couronne de Guerier.

# ADVIS
## AV LECTEVR.

E ſçay bien que cette piece
ne ſouffrira pas moins de
coups que de mains & que
de tant de perſonnes qui la
prendront par diuertiſſement où par cu-
rioſité la plus grande partie n'ouurira pas
pluſtoſt les yeux pour la voir que la bouche pour la reprendre. Auſſy aurois-je
honte d'auoir plus de priuilege que ces
grandes Ames qui m'ont ouuert le che-
min de Parnaſſe & qui faiſant meſtier
d'Immortaliſer les actions d'aultruy
n'ont ſceu guerir leurs propres œuures
des bleſſures de la mesdiſance. Ces vers
ne ſont pas plus à l'eſpreuue que les leurs
puis que la trempe eſt de meſme eau &

ie ne les metz pas au iour soubz l'esperance qu'ils n'auront point de Tenebres seulement crois-je que ce glorieux Prince vont ilz traçent l'image à la posterité leur fera porter le respect que la rudesse du pinceau ne s'ozeroit mesme promettre de la flatterie, Si autre fois la Statuë du Prince estoit vn Azile inuiolable & s'il est vray que le feu du Ciel espargna le pourtrait d'Hercule dans vn general embrazement des merueilles de Rhodes pourquoy ne puis-je pas attendre la mesme faueur. Puis que ma peinture represente vn Prince & vn Hercule tout ensemble Il fault que je publie que i'en tire tant d'asseuráce que faisant voir ce que j'ay dans l'ame par cet eschantillon j'imite les escrimeurs qui se descou-

vrent

urent par adresse pour enferrer leurs
Ennemis par leur propre temerité &
tout à rebours de ce fameux Pein-
tre qui se faisoit vne Courtine de sa
ture pour se cacher, je tire le rideau
de la mienne plustost pour la deffendre
que pour en oüyr le jugement, De tous
ceux qui se meslent de Censurer les es-
cripts legitimes pour faire aduoüer les
auortons de leurs Esprits les vns s'imagi-
nent que lesRobbes esclattantes dont ils
les couurent seront d'vnCedre incorrup-
tible, Eux qui semblables aux bois lui-
sant n'empruntent leur esclat que de
leur corruption, & croyent que leurs
moindres paroles sont des Oracles qui
seruent de poidz aux balances de la Iu-
stice bien qu'ilz ne parlent qu'a la façon

des Echôs & qu'ilz ne connoiſſent la
Iuſtice que par ſes deſpoüilles, les aultres
à proprement parler ſont des Narcis'
qui dans vne fontaine ſe laiſſent rauir à
leurs propres ombres & penſent à l'ex-
emple de Promethée d'auoir deſrobé le
feu du Ciel pour en animer des ouura-
ges de boüe certes ces gens là me don-
nent peu de crainte, & beaucoup de pi-
tié, & j'eſtime qu'ils ſont moins capables
de juger de ma Peinture que les Taulpes
de la Clarté, Lecteur ſi tu és de leur
nombre ne m'approches pas de plus
prés de peur que ton haleine corrom-
puë ne fleſtriſſe mes couleurs, où que
tes regards de Baſilique n'en bleſſent les
proportions, mais ſi tu és honneſte
homme j'entends ſi tu as de l'Eſprit, &

que

que tu fois fans paffion. Donne moy,
je te prie , quelques  moments de ton
loifir , & ie  te  feray  confeffer  que fi ie
ne fuis loûable en mon ouurage , ie le
fuis en mon deffein, ou que fi j'ay failly.
C'eft plutoft  dans mon Deffein , que
dans mon ouurage.

*Acquerir où Mourir.*